AF452719

QUELQUES

MYSTÈRES ÉPOUVANTABLES

DE LA VIE HUMAINE

ROMAN HONNÊTE

QUELQUES

MYSTÈRES ÉPOUVANTABLES

DE

LA VIE HUMAINE

SUIVIS DE

QUELQUES RÉCENTES PIÈCES DE VERS

PAR

Jean-Joseph MONMOREAU

Auteur des *Fables nouvelles ou la Flore poétique*, des
Amours de Galatée et de Téolinde,

Membre titulaire de la Société des Travaux littéraires,
artistiques et scientifiques, de Paris

CHEZ L'AUTEUR

À PELLEGRUE (GIRONDE)

1867

Paris, le 25 janvier 1867.

Monsieur,

J'ai l'honneur de vous accuser réception et de vous remercier, au nom de l'Empereur et de l'Impératrice, des poétiques pièces de vers que vous avez cru devoir leur dédier. La pensée, Monsieur, qui a inspiré d'aussi jolies, d'aussi nobles et patriotiques strophes, fait honneur à son auteur.

Agréez, Monsieur, l'assurance de ma considération la plus distinguée.

LE MARÉCHAL VAILLANT,
Ministre de la Maison de l'Empereur et des Beaux-Arts.

PRÉFECTURE DE LA GIRONDE. — CABINET DU PRÉFET.

—

Bordeaux, le 4 janvier 1867.

Monsieur,

J'ai reçu l'exemplaire que vous avez bien voulu m'adresser de votre poétique hommage à Sa Majesté l'Impératrice.

Je vous remercie tout particulièrement de votre souvenir.

Recevez, Monsieur, l'assurance de ma considération très-distinguée.

Le Préfet,
Comte DE BOUVILLE.

ARCHEVÊCHÉ DE BORDEAUX.

Bordeaux, le 21 novembre 1865.

Monsieur,

J'avais lu déjà, dans le *Messager*, un grand nombre de vos pièces avec un vif intérêt. La morale est toujours à côté d'un style clair, concis et véritablement poétique. Continuez à employer ainsi les loisirs qu'un autre genre de travail plus obligatoire vous laisse à Pellegrue. Vous avez des amis qui savent vous apprécier et vous aimer ; vous le méritez. C'est un grand encouragement.

Votre très-affectionné,

FERDINAND Cardinal DONNET,
Archevêque de Bordeaux.

14ᵉ DIVISION MILITAIRE.

Bordeaux, le 5 janvier 1867.

Monsieur,

Vous m'avez fait l'honneur de m'adresser deux pièces de vers dans lesquelles vous célébrez le génie de l'Empereur et les grandes vertus de l'Impératrice. — Votre œuvre, Monsieur, est œuvre de poète... ; elle révèle un patriotisme qui s'affirme en termes saisissants. Je n'ose insister... ; mais, du moins, vous me permettrez de vous dire combien j'ai été sensible à l'hommage que vous avez bien voulu me faire.

Avec l'expression de mes remercîments bien sincères, veuillez agréer, Monsieur, l'assurance de ma considération la plus distinguée.

LE GÉNÉRAL E. DAUMAS,
Sénateur.

ARCHEVÊCHÉ DE BORDEAUX.

———

Bordeaux , le 17 août 1867.

Monsieur,

Vous n'êtes pas nouveau venu en littérature ; déjà plusieurs fois nous avons eu l'occasion de goûter et d'admirer vos charmantes productions. J'ai conservé particulièrement le souvenir de vos Fables. Aujourd'hui, vous chaussez le cothurne ; c'est Horace qui chante Mécène (1). Vous me flattez en m'envoyant cette pièce nouvelle, car ce Mécène, je le trouve bon, excellent ; je l'aime et l'estime comme vous.

Votre tout dévoué et tout affectionné,

FERDINAND Cardinal DONNET.

(1) Ce Mécène est M. le comte de Bouville , à qui M. Mammoreau a adressé une belle pièce de vers.

X

Laon, le 1er juin 1867.

Monsieur,

Je n'ai voulu vous remercier qu'avec connaissance de cause ; je viens de lire votre charmante pastorale. Je vous suis infiniment reconnaissant d'avoir bien voulu me la faire connaître.

Comme vous savez peindre la vie des champs, les sentiments, les mœurs simples de l'homme qui n'est pas encore, fort heureusement pour lui, à hauteur de ce que nous sommes convenus d'appeler la civilisation !

Vers et proses, tout est harmonie dans votre livre.

Veuillez recevoir, Monsieur, avec mes compliments sur la réussite de votre gracieuse composition, l'expression de mes sentiments les plus distingués.

MASSENOT,
Commandant.

De ce temps, les fabulistes sont clair-semés. L'apologue a fait son temps. Ce genre, tout fictif et d'allégorie de convention, s'accommode peu de la parole primitive et primesautière qui est à l'ordre du jour. Puis le thème est un peu épuisé. Que dire après Ésope, Phèdre, Lokman, Bidpaï, Babrias, La Fontaine, Florian, Aubert, Le Bailly, Lachambeaudie, — qui encore? Ils se nomment Légion! Je disais cela, l'an dernier, à M. Pacifique Bousset, un Breton bretonnant, — le poète de Plancoët (Côtes-du-Nord), — un fabuliste viril et fruste, chez qui il y a de la séve et un profond libéralisme. Aujourd'hui, voici M. Monmoreau et ses Fables nouvelles. Ce poète-ci est Girondin. Il s'exhale de ses vers allègres et sautillants un parfum qui chatouille comme la mousse rosée des généreux nectars de sa province. Le bouquet de son vin, l'éloquence de Vergniaud, voilà pour la gloire de la Gironde! J'aimerais mieux que M. Monmoreau fit autre chose que des fables; des contes, par exemple. Et encore, la fable, n'est-ce pas toujours le conte? A part la réserve faite plus haut, M. Monmoreau mérite éloge; il a le droit de cité au cénacle des poètes du siècle. L'autre jour, la Société des Travaux littéraires, scientifiques et artistiques de Paris lui décernait une couronne. Il en est digne. Je n'ai qu'à l'encourager, à lui crier de tout cœur : — En avant, poète, en avant !!

A.-L. BODÉ DE VILLIERS.

Évreux, 10 février 1864.

PRÉFACE

BÉNÉVOLES LECTEURS,

Lisez-moi avec indulgence; je viens vous raconter simplement les vicissitudes de quelques existences éprouvées par le malheur, et — vous le dirai-je? — vous découvrir aussi mes sentiments. Ici-bas, ce qu'on préfère le plus ne fait pas long-temps nos délices. Le plaisir, tout en passant plus rapide que la tempête, laisse de nombreuses déceptions. En ce monde, nul asile assuré. Le ciel a beau paraître serein, d'un moment à l'autre il peut se charger de sombres nuages. Réfléchissez sur le passé, consultez le présent, et l'avenir nous réserve bien quelques surprises. La Providence a des voies impénétrables; nous devons humblement nous soumettre à ses décrets.

Les héros de mon roman, êtres tout primitifs, ignoraient cette vaine fierté qui dégrade le mérite; le poison de la haine, de la vengeance et de la calomnie n'avait jamais souillé leurs lèvres; ils ne se seraient pas permis de manquer à un grand, mais ils se seraient gardés également d'offenser la délicatesse d'un malheureux. Victimes d'événements funestes, quelques-uns n'ont pas eu la force d'y survivre, les autres ont vu leurs blessures se cicatriser par les soins de la miséricorde éternelle qui, dans cette vie ou dans un monde meilleur, n'oublie jamais la vertu.

QUELQUES
MYSTÈRES ÉPOUVANTABLES
DE LA VIE

Andréas Spiesser naquit, vers la fin du dix-huitième siècle, à Schleithal, petit village situé dans les fertiles plaines de la Lauter.

C'était un pauvre laboureur, fervent catholique, sobre en ses désirs, ne dépensant que selon ses besoins. Un clair ruisseau bordé de fleurs environnait sa chaumière, dont les murs délabrés et la toiture grise étaient tapissés de plantes grimpantes.

Chaque soir, après avoir rempli au milieu des champs sa pénible tâche, il rentrait, le cœur content, au sein de sa famille, où bientôt Augusta, sa fidèle compagne, son jeune enfant Johann, lui faisaient oublier par de tendres caresses les fatigues que lui imposait son humble condition...

1

Lorsque le temple de la guerre ouvre de nouveau ses portes ; c'était en 1813, alors que les tubes de bronze répandaient la mort dans l'Europe entière. Andréas fut appelé, comme tant d'autres, au noble devoir de défendre son pays, de servir sa patrie. Il plongea une main incertaine dans l'urne fatale de la conscription, et ses doigts tremblants saisirent un néfaste numéro. Andréas était soldat. Dès le lendemain, les vêtements rustiques devaient être remplacés par la livrée militaire ; il pressa une dernière fois sur son cœur celle qu'il adorait, Johann, le doux fruit de son mariage, et s'éloigna.

Augusta ne tarda pas à reprocher aux auteurs de son malheur leur barbare cruauté ; elle consacrait ses jours à la tristesse ; une inquiétude cruelle usait son corps ; elle renfermait ses brebis dans la bergerie sans les compter, et la mousse de Bienenwal (forêt des Abeilles) ne l'invitait plus au sommeil. L'ambition, la gloire, le désir des hautes destinées, funestes apanages, étaient le sujet de sa légitime douleur. Ses yeux semblaient toujours attachés vers les lieux témoins des horreurs de la guerre. Elle regardait à chaque instant l'endroit où elle avait vu disparaître son époux. Le reverrait-elle encore ! La guerre est bien cruelle, elle n'épargne personne. La mort promène au hasard sa redoutable faux dans les rangs des soldats.

« Ah ! » disait Augusta, plongée dans l'abattement, « personne ne lui fermera les yeux, ne lui lavera ses plaies, ne lui fera rendre les devoirs funèbres ; son corps, étendu sur une terre étrangère, deviendra la pâture des bêtes féroces et des oiseaux de proie !

» O Dieu des malheureux ! seul capable de réconcilier les nations, je mets en vous mon espérance ; je sens vivement le besoin de vos consolations et de votre secours. C'est avec l'humilité la plus profonde que je me prosterne à vos pieds, c'est avec mes larmes que je vous conjure de m'entourer de force et de courage. Apprenez-moi à supporter avec résignation mes revers, et protégez mon époux du glaive de l'ennemi. Oh ! si un rayon d'espoir pouvait parvenir jusqu'à moi pour me consoler un peu du malheur que j'éprouve !... »

C'est ainsi qu'Augusta exhalait son âme pendant de longs jours de silence et d'incertitude sur le sort de son époux. Elle était presque forcée de comprendre et d'avouer qu'il ne lui restait plus un rayon d'espérance. Elle interrogeait sans succès les soldats voyageurs ; elle demandait en vain au premier magistrat de sa commune des renseignements : il gardait pour lui ses sinistres pressentiments, de peur de porter un deuil prématuré dans un grand nombre de familles, où l'expression de ses craintes aurait été prise pour l'annonce officielle du malheur qu'elles redoutaient.

Augusta, malgré la douleur profonde dont elle était pénétrée, n'oublia pas cependant son jeune enfant. C'était le moment de lui inspirer l'amour de la vertu et de lui apprendre à détester le vice. Les passions, chez l'enfance, sont des étincelles que l'on peut éteindre sans peine. La vertueuse mère lui présenta sans détour et sans ornement tous les enseignements dont il avait besoin ; elle éclaira son esprit et régla son cœur. Johann profita de ces utiles leçons, les mit en pratique, et s'attira l'estime et l'admiration de chacun. — N'ayant sous les yeux que de bons exemples, cette semence trouva dans son âme un terrain de fécondité extraordinaire ; il montrait un penchant à la bienfaisance. Le grand, l'unique plaisir de Johann, c'était de donner. Pour exercer sa libéralité enfantine, il ne se contentait pas de disposer de ce qu'il pouvait considérer comme lui appartenant en propre : ayant souvent vu ses parents pratiquer la charité malgré

leur pauvreté d'une manière très-large, il ne se
privait pas de prendre dans la maison de quoi soulager les malheureux ; et sa mère, loin d'y trouver
à redire, regardait comme une bénédiction du ciel
d'avoir donné le jour à un enfant dont le cœur était
aussi sensible à l'infortune.

Augusta, voyant qu'elle n'employait pas vaine-
ment ses soins et son extrême vigilance, sentit re-
naître la joie : son âme sensible éprouvait encore,
à l'aspect d'une rive fleurie, un plaisir aussi touchant que celui de faire une bonne action.

Dès que l'aurore en robe de pourpre commençait
à éclairer la terre de ses premiers rayons, que les
laboureurs actifs et vigilants se préparaient à faire
gémir les taureaux sous le joug, elle se livrait
comme autrefois sans réserve aux soins de ses
brebis et de son champ. Ayant contracté de bonne
heure des goûts modestes et l'heureuse habitude
de vivre sobrement, le peu qu'elle et son fils possé-
daient suffisait à leur existence. Lorsqu'on est in-
dépendant des caprices de la fortune et de l'intempérance, n'importe quels revers le sort vous fasse
essuyer, la sérénité ne déserte ni votre front, ni
votre cœur.

Cette sage conduite ne pouvait manquer de réussir

à Augusta. Elle éprouvait un double plaisir : celui de pouvoir subsister sans avoir recours à l'aumône du riche ; ensuite, de lire dans les yeux et sur les traits de son enfant tous les sentiments propres à flatter ses espérances.

Mais la vie est traversée de vicissitudes continuelles. Ses étranges misères de toute sorte, les maladies innombrables, les chagrins, les espérances trompées, les dévorants ennuis, et, par-dessus tout, ce désir jamais assouvi d'un bonheur qui fuit toujours au moment de l'atteindre, font de l'existence le plus douloureux des mystères. Par une transition inexplicable, nous passons en un instant d'un deuil frénétique à la joie la plus extravagante. Tout, dans la vie, est incertitude, confusion et désespoir. Nous flottons dans un vaste océan de doutes. Le monde est l'image désolante d'un monstrueux chaos. Personne ne saurait prévoir avec quelle rapidité son sort peut changer d'un moment à l'autre, à quels tristes événements ou à quelles joies l'avenir peut donner naissance.

Johann, déjà grand, entrait dans une nouvelle carrière ; il commençait à comprendre que les penchants se montrent quelquefois plus forts que la raison. Il touchait à cet âge où les parents n'ont plus que de faibles pouvoirs, à cette époque d'enchantement où s'offrent sans cesse les appâts séducteurs de ce monde. Il commençait à vivre, et sa situation, en devenant plus agréable, devenait, d'un autre côté, plus difficile et plus délicate.

Mais, comme le jeune homme des champs paraissait doué d'une fermeté rare et d'une probité incorruptible, celle qui exerçait autrefois sur lui une tendre tyrannie le laissa, sans regrets, libre de se choisir une condition nouvelle.

Johann vécut d'abord, en partie, du prix des services qu'il rendait à ses voisins; mais le peuple était partout si accablé par la misère, par les impôts de tout genre, que personne ne se souciait d'augmenter ses charges, et les désastres de la guerre se joignaient encore à tous ces fléaux. Les profondes blessures de ces parages ensanglantés n'étaient pas cicatrisées.

Il n'y avait pas une famille qui n'eût à déplorer la mort d'un père, d'un fils, d'un frère ou d'un époux, impitoyablement haché ou égorgé sur les champs de bataille. La pauvreté était à son comble dans ce pays. Le village de Schleithal avait toujours été, par sa position, depuis 1793 jusqu'à 1815, mis à contribution, tantôt par une armée, tantôt par une autre ; et les bons habitants de ces campagnes étaient forcés de loger et de nourrir jusqu'à trente soldats et autant de chevaux par jour.

Cependant, si l'on trouve des hommes qui oublient leur intelligence, leur dignité, pour se laisser emporter par cette misérable passion qu'on nomme l'avarice, on en rencontre heureusement aussi qui ne refusent pas de prêter des secours quand le besoin se fait sentir ; on trouve des âmes assez élevées et assez pourvues de raison pour comprendre que la fortune ne contribue pas plus que la naissance à nous rendre véritablement estimables, si nous ne savons faire un sage emploi de l'une et de l'autre.

Von Schneider, vieillard d'une soixantaine d'années environ, que des infirmités précoces retenaient quelquefois sur un lit de douleur, mais dont le noble cœur se plaisait à soulager les malheureux, prit Johann à son service. Les fonctions du jeune homme consistaient principalement à accompagner son maître dans les promenades et à lui faire à haute voix quelques lectures de nos poètes modernes. Le vieillard semblait jouir au milieu de ce monde tout nouveau d'images et d'idées ; rien ne l'intéressait autant que ce genre de littérature où le génie de l'homme provoque les larmes, l'enthou-

siasme, le patriotisme, et touche les cœurs les plus
farouches.

Peu d'années s'étaient écoulées, et le nouveau
serviteur, par son obéissance et son exactitude,
avait obtenu toutes les faveurs du vieillard, qui le
considérait comme son fils. Par lui, tout le per-
sonnel de la maison se sentait heureux ; il faisait
facilement oublier les fautes des autres domestiques, qui le chargeaient souvent d'obtenir les
petites faveurs qu'ils désiraient. Grâce à l'influence
dont il jouissait à si juste titre, les pauvres, à leur
tour, s'adressaient à lui pour recevoir l'aumône
accoutumée. Il semblait pour les indigents une
autre Providence.

Son bienfaiteur songeait déjà à le récompenser.
Il avait sollicité plusieurs de ses amis, dans l'espoir de lui obtenir un honorable emploi. Il avait
essayé toutes les combinaisons possibles ; mais il
n'en voyait qu'une de raisonnable qui lui promît
quelques chances de succès.

L'esprit de Johann s'était agrandi par l'étude et
l'observation ; il avait parcouru non sans fruit le
vaste champ des sciences utiles, et il y avait acquis
des connaissances qui pouvaient lui faciliter l'accès
d'une profession libérale. En faire un médecin était

donc le dessein du vénérable Von Schneider. La contrée en possédait bien deux ; mais l'un était très-âgé, et l'autre ne jouissait d'aucune considération par suite d'habitudes d'intempérance indignes du sacerdoce médical. Son protégé pouvait donc, en ce cas, se constituer une clientèle respectable.

Nul doute ne semblait inquiéter Von Schneider. Un jour, après avoir glissé ses deux mains dans les poches de sa longue veste grise, il fit connaître son désir. Johann ne l'accueillit qu'avec très-peu d'empressement. « Maître, lui dit-il, je vous suis fort reconnaissant de ce témoignage d'attention et d'attachement que vous me portez ; mais chacun est entraîné par ses goûts. J'ai pour la vie champêtre un penchant irrésistible, je préfère me livrer à la culture des champs. Cette modeste condition m'éloignera peut-être moins du chemin du devoir que la gloire, le luxe et les honneurs. J'aime le chant des bergers et des oiseaux, le feuillage des bois dont l'ombre inconstante varie au gré des vents. Aux champs l'âme se recueille, les beautés de la nature n'enflent pas le cœur. Heureux celui qui pourrait approfondir ses merveilles et connaître tous ses ressorts ! La nature est un livre ouvert où chacun peut apprendre à se montrer sensible, à devenir meilleur, à ne pas être touché des grandeurs d'ici-bas, et à détester la mauvaise foi qui nous divise.

—Johann, » reprit le vieillard en laissant échapper quelques larmes de tendresse sur ses joues creuses et ridées, « tu es accoutumé à me communiquer tes pensées, je suis habitué à te faire part des miennes ; écoute-moi donc. Oui, il est vrai que les beautés de la nature nous révèlent la puissance du Créateur ; de ce Dieu qui nous a tirés de la poussière, nous qui n'avons cependant rien mérité de sa main. Ton désir est juste et raisonnable ; au sein de la vie champêtre, il est plus facile de rendre à Dieu des louanges et des actions de grâces. La terre, le ciel, les astres, tout nous parle de lui ; il prescrit des limites aux flots courroucés de l'océan ; l'aurore, au gré de ses désirs, sème sur la terre des perles orientales ; à son signal, la plus belle des étoiles, messagère du jour, couronne le matin, et les chœurs angéliques chantent sa gloire dans le ciel. Ta délicatesse de conscience, tes nobles sentiments m'exciteront à remplir un jour plus dignement mes devoirs envers toi. »

Johann, sans être cupide, sentit, à ces mots, mille pensées surgir dans sa tête ; il éprouva les éblouissements d'une personne qui sortirait d'une caverne pour regarder en face les rayons d'un soleil brûlant. Bien que Von Schneider, pour écarter de sa maison des visites importunes, cherchât autant que possible à cacher sa richesse ; bien qu'il prît pour prétexte de sa retraite à la campagne la nécessité d'y rétablir ses affaires, Johann était convaincu qu'il possédait une brillante fortune, et le vieillard était veuf et sans enfants.

Il est vrai qu'autrefois Von Schneider habitait Paris, qu'il avait passé par toutes les phases d'une vie passionnée, d'une intelligence tourmentée, qu'il dissipait son temps en distractions inutiles, en frivoles plaisirs. Qu'importe ? sa fortune, fruit des privations et des économies de ses pères, n'était nullement altérée. Il pouvait, sans nuire à ses héritiers directs, créer à son protégé la position qu'il désirait, en lui léguant une petite ferme touchant le seuil de sa chaumière.

Johann, depuis cette flatteuse impression qu'il avait ressentie, semblait animé continuellement par l'espoir et la joie. L'idée de recueillir cet héritage avait fait naître en lui l'ardent désir d'épouser une jeune fille du canton, dont la modestie enflammait son cœur. Il aimait la jeune fille autant qu'il en était aimé. S'il avait gardé jusqu'alors le silence, c'est que l'incertitude de sa position lui en faisait une loi. L'humble fille des champs était digne de son amour; son âme était aussi belle que toute sa personne était délicieuse; ses cheveux descendaient en boucles naturelles sur ses épaules; ses yeux brillaient d'un feu plein de douceur, et le sourire régnait toujours sur sa bouche. Elle ne s'étudiait point à rehausser l'éclat de sa beauté par celui des fleurs, par une confusion de rubans aux couleurs variées; elle n'était pas accoutumée à suivre la perfection des modes. On ne voyait jamais, même dans sa plus grande toilette, cette série de monstruosités bouffonnes difficiles à voir de sang-froid, sans hausser les épaules; cet ensemble ridicule d'un vêtement dont chaque partie appartient à une époque différente. Je ne connais pas de plus ravissant spectacle que celui de la jeune fille, merveille de la nature, chef-d'œuvre de l'art en même temps, qui, le front radieux d'une angélique pureté, les lèvres épanouies par ce doux sourire de l'innocence, les joues colorées d'une pudique rougeur, s'avance dans la vie, escortée de ces deux divines sœurs : la modestie et la virginité.

Les négociations étaient presque terminées, le

nom de sa future était à même d'être associé au sien sur les actes de l'autorité, lorsque la mort, déité cruelle, frappa le vieillard sans lui donner le temps d'accomplir ses intentions.

Johann, dès ce moment, essaya de résister au penchant qui l'entraînait vers sa fiancée. Il refoula du moins par de profonds soupirs les rêves qu'il avait faits ; même il renonça à de nouvelles entrevues. Une semblable alliance ne lui paraissait plus possible, vu que l'intérêt guidait les parents de la jeune fille. Le père de celle qu'il aimait était d'une lésinerie si basse, si crasseuse, qu'on pouvait le comparer à cet Harpagon, qui, pour économiser l'encre, avait imaginé de ne pas mettre de point sur les i.

O soif de l'or, fléau des humains ! vice odieux et des plus ineptes, mais aussi des plus dangereux, parce qu'il n'en est point sur lequel on se fasse davantage illusion. Le plus grigou, le plus tire-liard, le plus pince-maille se fait honneur de sa ladrerie, en la parant du beau nom d'économie.

Pauvre crésus ! Entasser, entasser, remuer des sacs et des piles d'écus, triste plaisir ! Essuyez plutôt par la charité les larmes de l'infortuné ; vous verrez poindre le sourire sur ses lèvres flétries ;

vous verrez épanouir la joie sur son triste visage. Donnez, à l'instar de ces sources inépuisables prodiguant les trésors de leurs fraîches ondes aux prairies, aux rudes voyageurs succombant aux atteintes de la chaleur. Donnez, donnez ! ô vous qui vivez dans un luxe égoïste et sordide ! Brisez les chaînes de l'ignoble cupidité : vous êtes l'esclave de la matière !

Dieu l'avait bien prévu : dans le sein de la terre
Sa volonté cacha ce funeste métal ;
Mais l'homme, tourmenté par ce penchant fatal,
A force de travaux, découvrit la matière.

Johann, par dignité de caractère, s'attachait à cacher sa tristesse ; mais comment regarder en arrière sans que ses yeux ne rencontrassent quelques souvenirs touchants ! Sa mémoire lui rappelait les jeux qu'il avait partagés avec Ludvine (c'était le nom de sa fiancée). Le passé était jonché de promenades joyeuses qu'ils faisaient ensemble sur le tapis des prés, et d'intimes entretiens sur le bord des ruisseaux et des fontaines. Il s'efforçait en vain d'oublier cet heureux temps ; à ces souvenirs l'attendrissement le gagnait, et les larmes coulaient le long de ses joues.

Johann résolut de s'embarquer, pensant donner le change à son amour par des émotions nouvelles. Ses amis, sachant que Ludvine l'aimait avec désintéressement, l'exhortèrent à ne pas accomplir son dessein, à ne pas quitter si brusquement son pays pour aller courir le monde au hasard ; ils l'engagèrent à mettre toute sa confiance en Dieu, et à attendre avec patience et résignation que sa volonté daignât changer son sort, le remède étant souvent plus près du mal que l'on ne pense.

« Que ferais-je ici ? » leur répondait-il ; « j'ai fait tout ce que l'amitié peut exiger. Attendre, toujours attendre ! je suis las d'importuner ceux qui ne me doivent rien. J'aperçois les obstacles qui se dressent devant mes espérances. Je vois que la réussite tient le plus souvent lieu de mérite ; et qu'être malheureux, aux yeux du monde, c'est mériter tous les soufflets de l'opinion. »

Johann, vaincu par le désespoir, mais retenant ses sanglots de peur d'ajouter aux souffrances de sa mère qu'il avait prévenue de son dessein, fit ses adieux à Ludvine, dans une lettre conçue en ces termes :

« Chère Ludvine ,

» Reçois ces lignes dictées par mon pauvre cœur.
» Ce n'est point un caprice qui me force à te fuir ;
» tu n'ignores pas les motifs qui m'obligent à me
» livrer à la merci de l'avenir. Je vais naviguer au
» milieu des flots, et j'ignore si j'atteindrai le port.
» Cette vie, toute fugitive qu'elle est, n'est qu'une
» triste alternative de joies et d'amertumes. Nous
» passons du bonheur à l'affliction. Aujourd'hui
» mes chants respirent le deuil, et mes yeux sont
» baignés de larmes. Tout me paraît fade et en-
» nuyeux. Je n'avais d'autres consolations que
» celle dont je vais déplorer si amèrement l'ab-
» sence. O chère Ludvine, la confidente des se-
» crets de ma vie ! que ces pensées te réjouissent,
» plutôt que de te plonger dans la douleur ! qu'elles
» soient pour toi ce qu'est à la terre la rosée du ciel
» et le sourire d'un beau matin ! Je ne cesserai point
» de m'occuper de toi ; je veux que ma bouche et
» mon cœur te louent perpétuellement. Adieu.

» JOHANN. »

Johann, un mois après, à l'aide de ses économies, se trouvait dans le port de Marseille, orgueil
de la Provence ; il contemplait les nombreux vais-

seaux ouvrant leurs vastes ailes pour prendre leur essor vers de nouveaux climats. Ses regards curieux semblaient chercher au-delà de l'immense horizon je ne sais quel bien qu'il enviait sans le connaître.

Enfin, entraîné par l'ardeur aventureuse qui le possédait, il s'embarqua à bord d'un navire marchand à destination de la Nouvelle-Orléans.

Les premiers rayons de l'aurore doraient à peine la surface de la terre, que Johann, pour la première fois, foulait aux pieds le pont d'un vaisseau. Le ciel était sans nuage ; une brise légère agitait mollement le pavillon ; le plus profond silence régnait ; on n'entendait que le bruit de la proue du bâtiment qui fendait les ondes. Au bout de quelques heures, les rivages avaient disparu ; le navire voguait déjà en haute mer.

Les côtes d'Espagne, celles de Portugal, Madère, les Açores, tous ces pays s'enfuyaient derrière lui ; les dernières crêtes des montagnes s'étaient abaissées sous le niveau des flots ; de toutes parts il n'avait plus qu'un horizon sans fin. Au milieu des vagues s'exécutait déjà la danse des marsouins, grands et beaux poissons qui bondissaient deux à deux. Les dauphins jouaient autour du vaisseau, roulant sur eux-mêmes, montrant leur dos et leur ventre, et leurs écailles aux rayons du soleil étincelaient comme des lames d'argent. Rompant la monotonie du voyage, le matin et le soir leur apportaient un spectacle nouveau ; la mer était tantôt noire, tantôt azurée, verdâtre, phosphorescente. Les levers et les couchers de l'astre du jour sont de la plus grande magnificence sur les plaines de l'Océan. L'horizon se couvre de nuages nuancés de mille couleurs, d'or, de pourpre, de violet, de vert et de rouge. Ces masses aériennes revêtent les formes les plus fantastiques : on dirait des volcans embrasés, des mers de feu, des montagnes de neige, des forêts, des villes et des châteaux. Équipages et passagers contemplaient à l'envi ces magiques tableaux.

Tout présageait un heureux voyage ; rien n'inspirait la plus petite crainte. Une Providence toute paternelle semblait veiller sur eux pendant le cours de leur traversée. Mais, souvent, le plus doux calme est un calme trompeur. Tout à coup un bruit lointain, se répercutant d'échos en échos, retentit à leurs oreilles ; bientôt des nuages épais, rassemblés sur leurs têtes, portent dans leur sein la nuit et l'orage ; les grondements du tonnerre retentissent au fond des abîmes ; les éclairs redoublent, percent la nue ; la mer écume, bouillonne, et les ténèbres les éloignent de leur route. Le pilote lui-même ne se reconnaît plus... Ils errèrent deux jours sans voir de soleil, et deux nuits sans apercevoir d'étoiles ; et le troisième jour, le navire, toujours en butte aux caprices de la tempête, alla se jeter sur les côtes d'Afrique, où mille pirates s'enrichissaient des trésors et des dépouilles des navigateurs.

En ce péril extrême, le capitaine ne dissimula plus leur triste situation. Il était impossible de songer à se servir de canots, tant la mer était déchaînée, et le navire cédait de toutes parts. Les cris de « Sauve qui peut ! » se font entendre. Impossible de décrire ce terrible moment. Les passagers, l'équipage, les membres frissonnants, le cœur palpitant d'un horrible désespoir, poussent des cris lamentables. L'aspect de la mort torture ces malheureux. Chacun cherchait son salut sur le moindre débris. Johann trouva le sien sur une épave. Mais, à peine sur le rivage, les pirates s'empressèrent de le spolier du peu qu'il possédait et ne lui laissèrent que la vie.

Il erra quelques jours sur cette plage parmi des

caimans, reptiles dangereux, monstres amphibies de douze à quinze pieds de long, à la forme de lézard, et à la cuirasse d'écailles que n'entament ni les balles ni le fer.

Johann, frappé de terreur, songeait à l'isolement dans lequel il se trouvait. Sa pensée se reportait vers le toit qui l'avait vu naître, vers ses bons parents qu'il croyait souvent embrasser ; mais il n'embrassait qu'une ombre vaine, des figures qui s'échappaient plus légères que le vent, plus fugitives qu'un songe.

Il ne pouvait subsister plus longtemps sur ces grèves sauvages ; ses forces diminuaient insensiblement, car il ne vivait que de coquillages coriaces qu'il trouvait sur la rive. Il se mit à parcourir les sinuosités d'une fertile vallée, dont les ruisseaux, dans leur cours rapide, répandaient leurs trésors sur les herbes en fleurs, et leur murmure, répété par les échos, formait une suite de sons pleins d'harmonie. Des petits et gros oiseaux se montraient sensibles à sa visite ; ils venaient sur les arbres d'alentour lui offrir l'hommage de leur présence, et le réjouir par leurs chants....

Lorsqu'à ses yeux se laissent apercevoir quelques cavaliers qui semblaient se précipiter sur lui avec impétuosité. Leurs allures n'étaient nullement propres à le rassurer, et leurs moyens d'attaque encore moins. Chacun portait un long fusil en bandoulière, un sabre luisant suspendu à côté de la ceinture ; une barbe noire et épaisse cachait la moitié de leur visage. Dire l'étonnement de ces sauvages à sa vue, l'étrange expression de leur physionomie, la bizarrerie de leur costume, l'indiscrétion enfantine de leur curiosité, et l'importunité de leurs désirs, serait tenter de tracer un tableau plein de difficultés. Le chef de la troupe, après une courte conversation, fit un signe à ses compagnons, et tous repartirent au galop.

Johann en fut quitte pour la peur. Ces hôtes des déserts étaient tout simplement des bergers qui veillaient de cette façon à la garde de leurs troupeaux. Ces Orientaux, divisés par hordes nomades, dédaignent la culture, vivent de fruits et de racines sauvages ; et la nuit, couchés sur des feuilles sèches, ils mêlent leur haleine à celle des animaux domestiques. Aussitôt que les pâturages où leurs troupeaux ont fait une halte passagère sont épuisés, ils chargent leurs tentes et leurs familles sur des chameaux, et vont se fixer dans un autre oasis.

Quelle différence entre ces pâtres presque nus,

aux yeux farouches et flamboyants, et les amou-
reux bergers de Virgile, la tête couronnée de feuil-
lages, les mains pleines de lys, de cytises et de
romarin, chantant des vers pleins d'harmonie, toujours occupés à jouer de la flûte, à parer de rubans
et de fleurs printanières leurs jolis chapeaux de
paille, ou à apprendre aux échos des bois à répéter
le nom d'Amaryllis !...

Johann, conduit par son inspiration, continua
de longer la vallée, arrêtant de temps en temps ses
pas pour se livrer aux sentiments qu'excitait en
lui la singularité du spectacle dont il était frappé
en avançant. La vallée se resserrait de plus en plus.
Les sommets des deux collines semblaient chercher
à se joindre pour s'arrondir en forme de voûte : les
rochers, les précipices, les broussailles inextrica-
bles lui fermaient le chemin. Partout l'obscurité
régnait autour de lui. On eût dit qu'il cherchait à
s'ensevelir sous ces abîmes, au milieu des repaires
des bêtes féroces. Déjà les idées de l'Achéron com-
mençaient à lui paraître moins fabuleuses ; il se
croyait aux portes du Tartare.

Que faire en ce lugubre lieu ! Le jour baissait,
et Johann était en butte aux atteintes de la faim !
Coucher là était impossible ; passer la nuit au mi-

lieu des ours, des lions et des panthères, n'était guère praticable. Déjà quelques chacals se formaient en cercle autour de lui, et se mettaient, les uns à hurler comme des loups, les autres à aboyer comme des chiens, ou à miauler comme les chats dans leurs accès de colère. C'était un sabbat à effrayer le courage le plus stoïque.

Que faire donc ? Johann recueillit le peu de force qui lui restait et se dirigea vers une misérable maison creusée dans le roc ; une porte négligemment conditionnée, mais offrant une certaine résistance, en défendait l'entrée ; il la poussa, et se trouva dans une pièce où le jour pénétrait par une sorte de lucarne que la nature avait construite. Quelques hommes à la mine farouche et étrangement accoutrés s'y trouvaient réunis.

Le maître de l'habitation resta sourd à ses sollicitations. Sans plus tarder, il saisit son arme et le couche en joue. Johann était à peu près à cinq pas de distance. Dieu seul sait ce qui se passa dans son âme en ce moment ! Le féroce assassin tenait déjà la détente du fusil. Le sacrifice de Johann était fait, mais il ne méritait pas une aussi triste fin. Au moment où le coup allait partir, il fondit sur son terrible ennemi, et saisit spontanément le canon. Le barbare, désarmé, le fixe d'un œil en feu, ses dents s'entrechoquent, la rage enflamme son visage. Les voilà corps à corps, cherchant mutuellement à se terrasser; en vigueur, en agilité, l'un et l'autre ne paraissent pas inégaux. Mais le courage dut céder à la force. Transporté de colère, le bandit excite ses compagnons, qui se jettent sur leur victime et la maltraitent à outrance. Les uns l'accablent d'injures et de malédictions, tandis que les autres la frappent en la traînant dans le fond de leur demeure criminelle. Ils n'épargnent aucun outrage au malheureux prisonnier.

Là, dans cette funèbre retraite habitée par des hommes sans cœur et sans pitié, gisaient des cadavres dont les entrailles fumaient encore, des corps défigurés et sanglants. Ces misérables se roulaient dans le sang avec la volupté du tigre. Malheur aux voyageurs dont ils épargnaient les jours ! leur agonie différée n'était que plus épouvantable.

Que de sensations venaient assaillir l'âme de Johann dans cette habitation mystérieuse où le crime semblait avoir fixé son séjour ! Des idées de suicide lui traversaient bien le cerveau ; mais, aux consolants souvenirs que lui avait donnés la religion, ces coupables pensées s'éloignaient.

Enfin, en proie aux plus barbares traitements, ne pouvant plus supporter tant de souffrances, Johann, tendant les mains vers ses bourreaux impitoyables, s'écria : « Vous qui abondez en luttes odieuses, artisans du crime, vous ne me garderez pas dans cet impur tombeau ; vous ne souffrirez pas que j'habite ici pour jamais ! Quel sommeil au milieu de vous peut clore mes paupières ? Puissiez-vous apprendre, en me voyant gémir, à connaître Celui qui vous a créés ! à craindre Celui qui peut vous anéantir, vous, dogues de l'enfer, qui ne faites que désoler et détruire le monde ! »

A ces mots, toute la bande poussa d'affreux blasphèmes ; leur rage parvint à son dernier paroxysme. « Tu couleras tes jours parmi nous, lui dit le chef, en attendant que tu puisses jouir de ta liberté, à laquelle ta résistance et ton langage ne t'assurent aucun droit. A compter d'aujourd'hui, tu prendras part à nos meurtres et à nos crimes ; tu immoleras les voyageurs ; tu porteras, comme nous, des poignards rouges de sang humain. Et souviens-toi que tout a un sens dans le monde ; il n'est point d'action dont on ne puisse tirer quelques enseignements. Il y a, dans notre métier, deux utiles leçons que tu dois retenir et mettre à profit :

la première, c'est qu'il ne faut point entreprendre une tâche sans consulter ses forces ; et la seconde, c'est que la prudence décide souvent du succès. Convaincus que tu réuniras comme nous ces indispensables conditions, nous irons bientôt tous en silence à la recherche d'une nouvelle expédition. Nos victoires ne s'apprécient que par le butin et par les têtes qui tombent sous nos coups. »

Les bandits, en dépit des frissons qu'éprouvait Johann des pieds à la tête, s'empressèrent de lui donner un costume semblable au leur : une courte tunique de peau de gazelle, des chaussures et des guêtres de peau de biche, et un manteau de peau de buffle. C'est sous ce bizarre vêtement que Johann devait exercer le brigandage, être acteur des scènes d'horreur et de barbarie où il allait être mêlé.

Peu de jours après, toute la bande se mit en mouvement ; l'idée de quelque heureuse rencontre leur imposait l'obligation de ne pas différer plus longtemps. Johann, bon gré, mal gré, fut forcé de les suivre. Un refus de concourir à leurs atrocités l'exposait au plus terrible châtiment. On conçoit son état au milieu de telles angoisses. Écrasé par une multitude de réflexions diverses, sorti d'un péril pour retomber dans un autre mille fois plus grand, il faisait comme le lièvre qui, après avoir parcouru vallons, collines et montagnes, revient de lui-même se placer sous le feu du chasseur.

Conformément aux volontés du chef, la bande se dirigea vers une haute montagne, du sommet de laquelle la vue embrassait une grande étendue. Maint touriste, en tournant un de ses flancs, lieu propice aux partisans du crime, avait payé de la vie sa témérité. C'est là, en face du soleil de justice, au milieu de cette solitude où les eaux se précipitaient en bruyantes cascades dans des gouffres béants ; où les tempêtes se déchaînaient emportant les arbres et les blocs de granit ; où les glaces, en se brisant, rendaient des sons semblables aux éclats de la foudre ; où l'homme enfin comprenait son néant, que Johann, pour la première fois, devait rougir son poignard, non pour attaquer, mais plutôt pour se défendre.

Informée du passage d'une caravane composée d'hommes, de femmes et d'une jeune fille, la bande tout entière se rendit dans cette ténébreuse retraite semblable au gouffre du Dante, et posta des embuscades. Plus d'un voyageur courageux et plein de vigueur soutint d'abord l'attaque avec fermeté, tel qu'un rocher au milieu des mers, qui n'est ébranlé ni par le souffle impétueux des vents, ni par les flots en courroux qui le battent sans cesse. La bataille fut acharnée ; mais, comme le grand nombre des bandits rendait le combat trop inégal, et que la retraite était impossible, presque toute la caravane fut tuée et dévalisée. Seules, les femmes et la jeune fille, s'étant dispersées dans cette solitude pendant le combat, vivaient encore. La jeune fille fut trouvée pâle, tremblante, appelant sa mère qu'elle ne devait plus revoir. S'abandonnant aux cris, au désespoir, aux lamentations ordinaires à son sexe, sans pitié elle fut amenée captive.

Dès lors l'infortunée passa ses jours et ses nuits dans les pleurs : pouvait-elle trop en répandre sur sa liberté perdue et sur sa famille égorgée ! Elle pleurait d'autant plus amèrement sa pauvre mère, qu'elle croyait avoir perdu le seul être qui l'aimât véritablement sur la terre, car elle n'osait encore compter sur l'affection de personne. Un seul bien lui restait : c'était son espérance au Dieu des orphelins.

Au lieu de sentir naître le respect et la compassion dans leur âme de boue, combien de fois, par de lâches moyens de séduction, par de trompeuses promesses, ses vainqueurs ne tentèrent-ils pas d'ébranler sa fermeté ! Combien de fois la jeune captive, qui n'avait jamais eu d'autre passion que l'amour filial le plus pur, fut en butte à d'infâmes menaces ! Mais, quoiqu'elle eût tout perdu en ce monde, elle ne pouvait consentir à se fermer le ciel. Des larmes et des sanglots, c'est tout ce qu'ils lui arrachaient.

Dieu ne l'oublia pas. La grâce comptait un triomphe de plus chaque fois que ses séducteurs l'assaillaient. Comme ces vierges timides des premiers siècles, à qui il fut si souvent donné de dompter, dans l'arène, des lions rugissants, de les voir enchaînés à leurs pieds par le charme divin d'une angélique pureté, la vertueuse captive, par sa noble résistance, finissait par en imposer à ces monstres. Obligés de céder la victoire à une jeune fille, ils se retiraient, étonnés et confus de leur défaite.

La malheureuse resta longtemps dans sa prison, enveloppée de ténèbres ; elle n'était éclairée que fort rarement par le timide rayon d'une lampe, et lorsqu'elle se hasardait à lever les yeux à sa clarté, tout attirait son attention et jetait la plus grande confusion dans ses idées. Les parois de sa cellule étaient maculés de taches de sang et de débris humains appendus. Une simple pierre, placée dans un coin, servant de table, et une botte de paille qui lui servait de lit, composaient tout l'ameublement. Le malheur, bien plus rapide dans ses ravages que le temps, avait déjà flétri la couleur rose de ses joues ; ses yeux n'étaient plus animés comme autrefois ; son visage, toujours gracieux, avait perdu cette douce sérénité, cette expression de confiance dans le destin. A tout l'ensemble de son attitude, on l'eût prise pour une statue de la Douleur sortie des mains de Phidias.

Johann, un jour, résolut de la délivrer. Plusieurs moyens se présentèrent à lui, mais tous furent successivement repoussés par la difficulté d'exécution. Il en rêva d'autres. Il n'en existait qu'un seul, celui de la voir. Mais comment pénétrer jusqu'à elle et lui parler sans témoin ? D'un œil inquiet, il regarde s'il peut être aperçu. O bonheur ! un profond silence règne autour de lui, et le jour est à son déclin. Il arrive à la porte du cachot. La clef est à la serrure, il hésite, il s'arrête, il éprouve ce tremblement qui accompagne toujours une action décisive. Cependant l'heure presse ; il se décide, et sa main assurée ouvre l'entrée du souterrain.

La captive, mue par un pressentiment secret et

ne doutant plus que le moment de sa délivrance ne fût venu, franchit légèrement le seuil de sa prison, et courut se réfugier dans une habitation éloignée qu'habitait par bonheur un honnête bûcheron. A la vue de la jeune fille qui pénétra sous son toit tout effarée, le bûcheron parut surpris. Il lui demanda qui elle était, d'où elle venait, ce qu'elle voulait. Mais elle, tout éperdue et comme poursuivie par des ennemis invisibles, ne sut répondre que par ces cris déchirants : « Sauvez-moi ! sauvez-moi ! »

Johann arriva sur l'entrefaite. Devenu un peu plus libre depuis que le genre de ses épreuves avait changé, il s'était, à son tour, dérobé furtivement. Le bûcheron les garda près de lui pour le moment, et parvint, par ce moyen, à les tranquilliser. Ils lui firent connaître leur pays natal. La captive était née dans le royaume de Portugal, où le hasard des circonstances avait conduit les auteurs de ses jours. « Ce n'est pas chose facile, » reprit le bûcheron, « de revenir chez vous. Il n'est pas non plus sûr pour moi de vous cacher dans ma hutte, car, si les bandits découvrent votre asile, il m'en coûtera ma tête. Cependant, puisque vous vous êtes confiés à moi, je ferai tout ce qui sera en mon pouvoir pour assurer votre délivrance. »

Le bûcheron les déroba généreusement à toutes les poursuites pendant plusieurs jours, et fit très-volontiers en leur faveur le sacrifice de ses ressources alimentaires, capables de sanctifier un pénitent. Mais, craignant de trop s'exposer en prolongeant son hospitalité toute paternelle, il jugea prudent de les engager à changer de séjour, n'oubliant pas de leur répéter cette belle maxime de Saadi : Ne renonce jamais au bonheur ; les sources du bien et du mal sont cachées, et tu ignores laquelle doit s'ouvrir pour arroser l'espace de l'avenir ! O homme ! ô toi, qui que tu sois, mon frère, dans le malheur, sois patient et espère !

Johann et la jeune fille, cédant aux instances du bûcheron, s'acheminèrent du côté d'Alger, marchant toujours avec précaution, car ces contrées offrent de grands dangers. Certains philosophes, qui se piquent de se contenter de peu, seraient au comble de leurs désirs dans ce pays. Il serait difficile de trouver des déserts plus tristes, plus brûlants, et d'un aspect plus monotone que ces plages arides. Les villages se composent de quelques misérables cabanes, construites et jetées çà et là, sans ordre et sans symétrie, au milieu d'un sable mouvant. Ce sable, poussé par un vent presque perpétuel, s'élève en si épais tourbillons, que les voleurs en profitent fréquemment pour dévaliser les voyageurs sans être vus ; il pénètre partout, s'amoncelle comme les flots autour des maisons qu'il ensevelit, et change en quelques années la face d'une localité entière. La végétation s'enfuit devant cette marée toujours montante.

Ils s'arrêtaient plus ou moins dans différentes tribus, selon que la fatigue les obligeait et d'après l'accueil qu'ils recevaient des habitants. Le plus souvent l'accueil n'était pas favorable. La jeune fille remarquait qu'on la considérait comme une aventurière ; les auditeurs ajoutaient peu de foi aux détails de son aventure. Malgré toute sa force et sa résignation, son cœur était navré par les refus, surtout lorsqu'ils provenaient de la mauvaise opinion que l'on prenait d'elle, qui portait encore sur son front le sceau de l'innocence.

Johann et la jeune fille, qui s'étaient vus tant de fois dans la situation du soldat avant la bataille, du matelot à l'approche de la tempête, arrivèrent enfin à Alger. Ils consentirent l'un et l'autre à y demeurer quelques jours, d'abord pour se reposer, ensuite pour chercher les moyens de se rendre à Toulon. Mais nos infortunés, à qui la société commençait à être connue, entrevoyaient des obstacles d'un autre genre. Après avoir échappé aux déserts, à la dent meurtrière des animaux féroces, à la captivité, ils pressentaient ce bruit, ce fracas des villes, où le pauvre, au milieu de la foule, ne voit autour de lui que des yeux qui ne le regardent pas et des oreilles sourdes à ses plaintes. Ils semblaient encore appelés à supporter de rudes épreuves. Comment sortir de ce dédale, de ces rues plus ou moins obscures où grouillaient toute espèce de nations peu ou point civilisées !

Mais il y a des résignations glorieuses comme des triomphes et des tribulations patiemment endurées que le ciel récompense avec une largesse digne de lui. Souvent le plus malheureux, le plus affligé, reçoit la plus inconcevable des faveurs.

La Providence, admirant cette lutte que soutenait l'humanité, daigna abaisser plus que jamais ses regards sur ceux que le malheur frappait si profondément ; elle mit un frein à cette irritation de l'enfer qui se manifestait envers eux d'une manière si ostensible et si prononcée.

Un jour, Johann et l'orpheline étaient assis sur une pierre en face du pont où l'on débarquait ordinairement, lorsqu'une dame de distinction, s'oubliant toujours pour penser aux autres, et qui se réjouissait chaque fois qu'elle trouvait à faire le bien, aperçut nos deux infortunés.

Elle ressemblait à cet empereur romain qui prétendait avoir perdu sa journée lorsqu'il ne l'avait pas signalée par quelques bonnes actions. Elle s'affligeait jusqu'aux larmes lorsque personne ne se présentait devant elle. Elle craignait que les malheureux auxquels elle aurait pu se rendre utile n'eussent été éloignés par des obstacles inconnus.

Elle s'approcha de Johann et de sa compagne, et leur dit avec cette douceur qui caractérise les âmes charitables : — « Vous êtes étrangers et malheureux, n'est-ce pas ? Vous pouvez sans crainte m'ouvrir votre cœur. »

La jeune fille essaya de répondre ; mais ses larmes, depuis quelques jours comprimées, s'ouvrirent un passage, et elle leur donna un libre cours.

Johann, à son tour, ne répondait rien, mais de profonds soupirs s'exhalaient de sa poitrine. « Tâchez, ajouta la bonne dame, d'oublier vos malheurs, et rappelez-vous seulement que vous venez d'acquérir une nouvelle Providence qui vous promet de vous rendre heureux. Faites-moi connaître ce qui peut vous être utile ! »

La conversation de l'inconnue était à la fois si douce, si respectueuse, si pleine de bonté, que Johann et la jeune fille, se sentant graduellement plus à l'aise, lui racontèrent leurs malheurs dans le plus grand détail. Il n'en fallut pas davantage pour l'intéresser. Elle fut si grandement touchée de leur malheur, qu'après avoir pourvu à tout ce dont ils avaient besoin, elle arrêta pour eux des places sur un bateau à transport.

O sainte charité ! tes bienfaits se font sentir et soutiennent jusqu'aux extrémités de la terre ! N'es-tu pas ce grain de sénevé qui devient arbre et fournit ombrage et repos à ceux qui sont lassés dans les voies de cette vie ?

Johann, toujours accompagné de la pauvre orpheline, revit, un mois après, sa chaumière. Mais elle était vide. Tout était bien changé pendant son absence. Augusta, d'une santé frêle et délicate, était morte de chagrin. Andréas avait succombé aussi pendant la retraite de Moscou. Un froid insupportable décimait les soldats ; les misères de tout genre jetaient les plus intrépides dans un abattement voisin du désespoir. Quel spectacle affreux de voir ces hommes qu'on délaissait mourants le long des chemins ! Quand un malade ou un blessé ne pouvait plus parler, ni marcher, ni se mouvoir, on l'abandonnait : s'arrêter était chose impossible. Malgré cette déplorable situation, on était forcé de poursuivre son chemin. Sitôt que toutes les troupes étaient passées, les corbeaux et les vautours qui planaient dans l'espace s'abattaient sur ces infortunés qu'ils déchiraient tout vivants. Andréas fut ainsi abandonné, avant d'avoir rendu le dernier soupir, à la voracité de ces oiseaux carnassiers. Quelle mort pour lui dont l'intrépidité lui avait valu l'estime et la reconnaissance de ses chefs et de tout son régiment ! Il surmontait des obstacles presque invincibles, tandis que d'autres mouraient d'envie de crier « Sauve qui peut ! » Andréas Spiesser pénétrait d'admiration par son héroïque résistance.

Ludvine, dès le départ de Johann, languit tristement, et sentit se flétrir en elle les dons de la jeunesse. Le départ de son fiancé engendra chez elle une maladie qui résista à la science. L'humble fille des champs, à laquelle de longs jours étaient encore promis, rendit son âme à Dieu avec le sourire d'amour sur ses lèvres. Chacun sollicitait la faveur de contempler ses dépouilles mortelles, exposées sur sa couche funéraire ; les regards ne pouvaient se détacher de ce front si pur sur lequel le trépas venait d'apposer son sceau...... Ses traits calmes et paisibles conservaient encore, malgré la pâleur de la mort, cette sérénité qui existait dans le fond de son âme. On eût dit qu'à l'heure des suprêmes adieux, elle voulait laisser un espoir à son père, à sa mère et à son fiancé. « Consolez-vous ! mon esprit est encore avec vous. Je ne regrette pas d'avoir quitté cette vallée de larmes. » Dieu, d'ailleurs, n'a-t-il pas créé la mort pour faire regarder au-delà du tombeau !

Johann, n'ignorant pas qu'avec le temps et la patience, le gland devient chêne et la feuille de mûrier devient satin, attendit des jours meilleurs. Dame nature l'avait comblé de ses dons ; il était d'une taille élevée et d'un tempérament robuste ; la beauté de ses traits s'alliait à une grande force musculaire et aux plus heureuses proportions. Il demanda l'orpheline pour épouse. Son offre fut agréée. Le pasteur Bruchmuller, de la paroisse de Schleithal, combla leurs vœux en bénissant leurs noces fortunées.

Passèrent-ils ensemble le reste de leurs jours dans toute la quiétude que peut donner un état où l'on ne désire plus rien ? Hélas ! non ; une suite de jours heureux aurait pu les enorgueillir. L'espérance est une menteuse qui flatte et séduit les malheureux ; c'est une coquette dont ils éprouvent chaque jour les perfidies, et qui n'en captive pas moins leur entière confiance. Un soir que Johann et son épouse revenaient ensemble par une chaleur accablante de la ville voisine, la soif les obligea de s'arrêter dans un cabaret assis sur les bords de la route. Je ne sais à quel propos Johann, que les fumées de la boisson avaient un peu échauffé contre son habitude, laissa sortir de sa bouche quelques plaisanteries qui pouvaient s'appliquer à son épouse et donnèrent à rire à ses dépens à tous ceux dont ils étaient environnés. L'orpheline, indignée de se voir le jouet de son époux, le quitta pleine de colère et continua seule son chemin. Johann ne tarda pas à comprendre combien il était coupable. N'ignorant pas que les douces paroles sont l'unique moyen d'attendrir le cœur des femmes, il en usa sans borne et sans mesure. Mais tous les soins, toutes les précautions qu'il put prendre pour la ramener ne faisaient que l'aigrir davantage. Il eut beau s'évertuer à détruire les mauvaises impressions qu'elle avait contre lui ; il lui fut impossible de reconquérir son estime. Elle ne voulut pas recevoir ses excuses ; elle les repoussa impitoyablement. Cette inimitié n'eût peut-être pas duré long-temps, si de méchants esprits n'avaient achevé d'irriter sa compagne. Dès lors tout espoir de réconciliation fut perdu pour Johann ; une obstina-tion réciproque jeta dans leurs cœurs les premières semences de la haine. Ils ne se parlaient plus que pour se tenir des propos injurieux, pour s'accabler de reproches ; parfois même des paroles mena-çantes arrivaient sur leurs lèvres. La discorde trô-nait au milieu d'eux. Johann, au comble du déses-poir, chercha bientôt à s'étourdir en se livrant à des plaisirs effrénés.

Convaincu que les réalités, les tribulations de la vie étaient son lot, du moment qu'elles se dévelop-paient successivement à ses yeux, il s'abandonna de plus en plus à la débauche, espérant y rencon-trer quelque chose de consolant. Erreur profonde ! Johann ne parvint qu'à s'abrutir. Ceux qui autre-fois lui témoignaient de l'estime et de l'admiration le regardaient avec une sorte de mépris. Sa dé-marche était sans noblesse, sa pose était affaissée, son regard était triste et morne, et son visage dé-pourvu de toute expression humaine. On le voyait de porte en porte cherchant l'usurier le moins in-traitable. Il engagea le peu qu'il possédait. Sa situa-

tion était affreuse. Que faire? où aller! que devenir?
La séparation que nos époux appréhendaient était
imminente. Johann, d'une main tremblante, écrivit
ces quelques mots sur un petit morceau de papier
qu'il trouva sous sa main, roula le billet et le plaça
sur la table de leur chambre à coucher. Voici ce
qu'il contenait :

« Chère femme,

» Je me sens si malheureux et si coupable de te
» priver de bonheur en ce monde, que je ferai tout
» ce qui dépendra de moi pour expier ce tort invo-
» lontaire. Je vois que nous ne pouvons plus sup-
» porter le lien qui nous unit. Toutes les épreuves
» qui m'accablent me forcent aujourd'hui à me dé-
» tacher de la vie. Je ne vois d'autre remède qu'un
» passage à une autre existence.

» Ton époux, JOHANN. »

Ceci fait, Johann se dirigea vers le centre de la
forêt des Abeilles. Là, sous de grands sapins aux
branches toujours vertes, il choisit avec un horrible sang-froid la place qu'occupait son cœur, et
il y plongea la lame tout entière d'un stylet long et
tranchant.

Le violent chagrin que la veuve ressentit du suicide de son mari jeta le trouble dans sa conscience. Elle était en proie aux plus tristes réflexions sur l'infortune à laquelle semble condamnée la plus grande partie de l'espèce humaine. Elle se reprocha son obstination avec amertume, et chercha à l'expier noblement. L'idée de la majesté divine, de l'équitable sévérité du souverain Juge, de la grandeur des peines et des récompenses qu'il nous réserve suivant nos actes, frappa fortement son esprit.

Maîtresse de ses actions, elle ne tarda pas à se choisir un lieu où elle pût vivre et mourir dans les regrets et la prière : elle entra dans un couvent. Elle mena la vie austère d'une pauvre carmélite. Elle fut toujours fidèle observatrice de la règle et très-exacte aux exercices de la communauté. Elle fut aimée et respectée même des personnes les plus mal disposées. Enfin, là, dans cette sombre retraite où régnaient la paix et le silence, la veuve de Johann déposa ses peines et ses tourments dans le sein de Celui qui console et pardonne.

FIN.

POÉSIES

L'OURAGAN.

Effroi du monde entier, plus bruyant que l'airain,
    Ivre de rage, et libre de ton frein,
Tu détruis sans retour les travaux de l'année.
    A ton aspect, la foule consternée
Inonde à flots pressés les marches de l'autel.
    L'astre du jour voile son diadème ;
Par des vœux pleins de foi remplaçant le blasphème,
Le pilote à genoux implore l'Éternel.
    Le désespoir du doigt montre ta trace ;
L'éclair, langue de feux, illuminant l'espace,
Signale le fléau terrible et solennel.

    Seigneur, est-ce toi qui le guide ?
Est-ce un jeu de ta main ? Son vol est plus rapide
Que celui du Condor au milieu des déserts.

Brisé par les efforts, l'arbre courbe la tête
          Devant le char de la tempête
          Roulant dans la plaine des airs.
Les cieux semblent crouler dans le profond abîme ;
          Les aigles planent sur la cime
          Des pics géants de l'univers.

Le lion, en tremblant, aux forêts se replonge ;
Le navire bondit sur l'écume des mers ;
          L'écho s'éveille, se prolonge ;
Les paisibles ruisseaux se changent en torrent.

Son front frappe le roc, en fait jaillir la flamme ;
          La voix du tonnerre proclame
          La puissance du conquérant.

Silence, vains mortels que la douleur accable !
O vous qui poursuivez d'une haine implacable
     Le Créateur, suprême vérité !
          La tempête n'est pas coupable ;
          Craignez la foudre redoutable
          De l'immuable éternité !

Février 1867.

LA CARPE ET LE CARPILLON.

— Quel est ce monstre à la gueule enflammée,
Ivre de rage, au corps de fer?
Sa légère vapeur et sa noire fumée
Obscurcissent les champs de l'air;
Au sein de son foyer, l'onde écume, bouillonne;
Il creuse sur les flots un tortueux sillon.
Fuyons, mère, fuyons; la prudence l'ordonne. —
C'est ainsi que parlait un jeune carpillon
A l'aspect d'un vaisseau dont le rude équipage
Éveillait par des cris les échos du rivage.
— Ce monarque, mon fils, sujet de ton effroi,
Ne prétend pas nous déclarer la guerre;
Cette barque, explorant nuit et jour la rivière,
Remplit un plus perfide emploi.
Le silence à son bord est de mauvais présage;
Son calme est un calme trompeur:
Tandis que le patron la conduit en vainqueur,
Les pêcheurs sans pitié nous prennent au passage.
Sais-tu quel est notre destin?
Je n'ose te le dire en ce péril extrême:
Sur la table des grands, au retour du carême.

Carpes et carpillons font l'honneur du festin.
  Les habitants de l'onde sont à plaindre ! —

Les gens sans bruit, à l'air tranquille, patelin,
  Ne sont-ils pas les plus à craindre ?

Janvier 1867.

LE JOUEUR D'ORGUE.

Un savoyard, automate ambulant,
Son orgue sur le dos, parcourait à pas lent
Les villages, les bourgs et les cités bruyantes.
Un jour que notre Orphée, en notes éclatantes,
Éveillait les échos d'un poudreux boulevard,
    Certain passant curieux et musard
Demande à l'Amphion l'air de la Marseillaise.
        — Vous en parlez fort à votre aise,
    Lui répondit l'artiste savoyard :
        Cet hymne entraînant, populaire,
        N'est pas noté sur mon rouleau.
— Ah ! reprit le passant, de maint fonctionnaire,
Gens avides d'honneur, du peuple le fléau,
Vous êtes, je le vois, le symbole fidèle :
Comme vous, ces messieurs, le fait n'est pas nouveau,
    Sans plus penser tournent la manivelle.

Novembre 1865.

LE LABOUREUR ACCUSÉ DE MAGIE.

Sur les rives de l'Hénarès,
Un laboureur, en dépit de l'envie,
Prospérait : ses enfants, sa compagne chérie,
Les champêtres travaux, occupaient seuls sa vie.
En été, la blonde Cérès
Protégeait sa moisson ; de son côté, Pomone
Jetait les yeux, au retour de l'automne,
Sur ses arbres à fruits : ses fertiles sillons
N'étaient point tapissés par les herbes sauvages ;
Le soleil, dont le cours enfante les saisons,
Colorait ses raisins ; et ses gras pâturages
Donnaient d'excellent lait à ses jeunes brebis...
Quand ses voisins, jaloux de sa richesse,
L'accusent de magie, et le traitent sans cesse
D'exécrable sorcier. L'agronome, surpris
Des clameurs de nos gens amants de la paresse,
Conduit, un jour, au centre du hameau
Son vigilant berger, suivi de son troupeau,
Ses valets, ses deux fils, son robuste attelage
Traînant un char dont le fardeau
Se composait d'outils de labourage.

— Voilà de ma prospérité
La cause, dit le sage à la foule accourue :
    C'est au travail, aux soins, à ma charrue,
Que Je dois mes trésors et ma félicité.

                                        Mai 1865.

MORT DU CHRIST.

Lorsque le Christ, sur le Calvaire,
Exhalait le dernier soupir,
Le cèdre, le voyant mourir,
Murmurait : — Il est mort ! victime volontaire ;
Le soleil s'obscurcit, le flot de l'océan
Arrose de ses pleurs le sable du rivage.
A partir de ce jour, mon lugubre feuillage
Ombragera les sommets du Liban !

— Il est mort ! murmurait le saule, ami de l'onde ;
Le fer a fait jaillir le sang divin ;
Les anges sont émus d'une pitié profonde.
A partir de ce jour, jusqu'à la fin du monde,
Je veux que mes rameaux sur les eaux du Jourdain
S'inclinent ; que ma chevelure
Laisse de sa verte parure
Tomber les larmes du matin !

— Il est mort ! murmurait la vigne de Sorrente ;
Le Vésuve, inondé de sa lave fumante,

Semble prendre le deuil. A partir d'aujourd'hui,
Ma grappe sera noire, en signe de tristesse;
    Et mon nectar, ranimant la vieillesse,
Prendra le nom de Lacryma-Christi !

— Il est mort! murmurait l'iris de Galilée;
La foudre gronde, éclate, et la terre ébranlée
        Gémit. Plus prompt que le condor,
Un ange apporte aux cieux le sang de la victime;
Et ses cruels bourreaux, satisfaits de leur crime,
S'adjugent sa dépouille, et l'insultent encor.
        Ma fleur plaintive et désolée
Portera, dès ce jour, au sein de la vallée,
Un crêpe violet sur son calice d'or !

— Il est mort! murmurait, sur les flancs du Caucase,
        Le buis; de la cime à la base,
Le peuplier ondule et tremble de terreur;
Le cyprès du Carmel se montre en robe noire,
Et le pin de Damas, qui sait aimer et croire,
Palpite de regret. En signe de douleur,
J'habiterai ces lieux incultes, solitaires !

C'est ainsi que la plante et les fleurs éphémères
Se lamentaient aux champs, sur les monts, dans les bois.
        Et l'homme, roi de la nature,
Remplaçant la pitié par la haine et l'injure,

54

Était sourd, insensible à sa mourante voix.
    Impie, indifférent, superbe,
    Fixe le Golgotha ? Le Verbe,
Ivre d'amour, est mort pour nous sur une croix !

Mai 1866.

LE PAON ET LE COQ.

— Comment peux-tu sans vanité
Prétendre m'éclipser à la fleur de mon âge?
Disait un paon au coq sur un ton de fierté :
  Vois ces saphirs qui parent mon plumage,
Et ma soyeuse roue à l'éclat sans pareil!
Est-il un autre oiseau, sur la machine ronde,
Capable autant que moi de plaire à tout le monde?
Je reflète, à mon gré, les rayons du soleil.
Ma taille est élancée; une aigrette légère
Ondule sur ma tête. Avec juste raison,
Chacun dit que l'oiseau favori de Junon,
Au port majestueux, à la démarche fière,
  Semble étaler, à la belle saison,
Les plus riches couleurs du ciel et de la terre.
  — Je rends justice à ta beauté,
  Lui répondit le chantre de l'aurore :
Mais ce frivole don n'égale pas encore
Ma gloire, mon triomphe et mon utilité,
  Ma vigilance et mon courage.
Dès que le laboureur peut entendre ma voix,
Ses rudes bœufs et lui délaissent le village.

Les Grecs et les Romains consultaient autrefois
    Mes bons aïeux ; et mon image
    Ornait, selon l'antique usage,
Le casque des héros, les écussons des rois,
Les armes, l'étendard du vieux peuple gaulois.
Tandis que toi, gonflé d'une folle jactance,
Tu n'as que ton orgueil et ta magnificence ;
    Tu n'as que ta robe d'Argus.
Ta vanité m'outrage, exalte ma colère.
    Que de paons sur notre hémisphère ! ! !
    Mais je me tais, n'en parlons plus,
Car à bien des humains j'aurais peut-être affaire.

Novembre 1865.

LE SOLITAIRE ET LE VISIR.

Au fond d'un bois, paisible lieu,
Un solitaire, en dépit de l'envie,
Depuis longtemps passait sa vie,
Priant sans cesse et ne pensant qu'à Dieu.
Un grand-visir, disciple d'Épicure,
Un jour troubla par aventure
Sa méditation, son ardente ferveur.
— Pourquoi, dit le premier ministre du Seigneur,
Fuis-tu le bruit et les éclats du monde ?
A quoi sert sur ton corps d'exercer la rigueur?
A ton aspect, le plus farouche cœur
Se sentirait ému d'une pitié profonde. —
La mort semblait l'étreindre dans ses doigts.
Et le dervis, malgré sa faible voix,
Chantait. — Chanter quand sa mort est certaine
Révolte le bon sens, ajouta le visir.
L'ermite répondit : — Ta remontrance est vaine.
Le bonheur de mourir sans peine
M'engage à vivre sans plaisir.

Novembre 1866.

LE NAVIRE.

Au moment du danger, de courage armons-nous.
        Jadis, sur la liquide plaine,
Un navire, battu par les flots en courroux,
    Allait périr ; sa perte était certaine.
        Les matelots, le capitaine,
Éperdus, sur le pont, fléchissaient les genoux ;
De la Reine des cieux chacun baisait l'image :
    Quand le pilote, encore au gouvernail,
Par quelques mots d'espoir ranime leur courage.
    — Bons matelots, dit-il à l'équipage,
Pourquoi me laissez-vous faire tout le travail ?
Qu'importe, en ce moment, que la tempête gronde !
    Sur ce vaisseau, si tout le monde,
    A mon instar, faisait le moindre effort,
Le bâtiment, en butte aux caprices du sort,
Braverait l'ouragan et la fureur de l'onde. —
Chacun cesse, à ces mots, de redouter la mort.
Sans se préoccuper du vent, ni des orages,
L'un manœuvre à propos, l'autre veille aux cordages,
    Et le géant les conduisit au port.

Janvier 1866.

CANTIQUE A LA SAINTE-VIERGE.

Musique de Mme Bayon.

Salut! Mère du Christ, ô Vierge immaculée!
A tes faibles enfants daigne ouvrir ton trésor!
Descends sur tes autels! Les fleurs de la vallée
T'offrent, au mois de mai, leurs frais calices d'or.

REFRAIN.

Aux accords de l'orgue sonore
Unissons nos faibles accents ;
Chantons, chantons, chantons encore
L'Étoile des cœurs innocents.

Tout retrace à nos yeux ta gloire et ta puissance :
Sous ton aile on ne craint pas l'horreur du trépas.
Sois toujours notre appui, toi l'astre d'espérance,
En ce monde où Satan sème tant de combats!

Fleur des jardins du ciel, ô ma Mère adorée!
Vaste océan d'amour, asile de nos cœurs!
Tout me parle de toi, Reine de l'empyrée ;
Et la céleste cour célèbre tes grandeurs!

O tige de Jessé, trône de la sagesse,
Refuge des pécheurs, sois propice à nos vœux !
Maison d'or, tour d'ivoire, abîme de richesse,
Intercède pour nous auprès du Roi des cieux !

Épouse chaste et pure, espoir des catholiques ;
O baume des douleurs, délices des élus !
Laisse-nous t'honorer sous ces voûtes antiques,
Et fêter dignement l'éclat de tes vertus !

Mai 1866.

PELLEGRUE, MA VILLE NATALE.

O Pellegrue, humble séjour,
Témoin des jeux de mon enfance !
J'aime tes bois où règne le silence,
Et mon rustique toit où j'ai reçu le jour.
J'aime tes sentiers solitaires ;
Tes champs où les taureaux, les laboureurs actifs,
Creusent de droits sillons ; tes chênes séculaires
Où les oiseaux du ciel reposent moins craintifs.

La Durège, au lit d'or, aux ondes cristallines,
Baigne tes pieds en son paisible cours :
Et des châteaux, aux sombres tours,
Assis sur le penchant de tes riches collines,
Embellissent tes alentours.

L'étranger autrefois t'a livré des batailles ;
Ton sol fut arrosé par le sang des héros ;
Tes belliqueux enfants, sous des flots de mitrailles,
De bombes, de boulets dispersant tes murailles,
Dans les rangs ennemis plantèrent leurs drapeaux.

Tandis qu'autour de moi tout chancelle, succombe,
Que tout marche à grands pas vers l'horreur de la tombe,
　　Ton vieux clocher, tes restes de remparts,
Semble braver du temps la main inexorable;
La nocturne chouette et les frileux lézards
　　En font encor leur gîte impénétrable.

Un antique noyer par le printemps vêtu,
Voisin de ma maison, dresse sa tête altière;
　　Là, sous son front, ma bonne et tendre mère
Inspirait à mon cœur l'amour de la vertu.

Sur son riant plateau, j'aime ta vieille église;
　　Ses bas-côtés, et sa toiture grise
　　Où chaque année, au retour des frimats,
De nombreux bataillons d'aimables hirondelles,
　　En robe noire, aux gracieuses ailes,
Viennent former leurs rangs et quittent nos climats.
　　Sous sa coupole attestant maint outrage,
Que de cantiques saints, répétés d'âge en âge,
Ont fait monter les vœux aux pieds de l'Éternel!
O temple du Seigneur! maison de la prière!
Sur tes parvis sacrés, à la voix d'un mortel,
Les pleurs du repentir inondent ma paupière.

　　J'aime ton morne et triste enclos,
Ses croix, ses noirs cyprès amis du mausolée.

J'aime à chercher dans l'herbe échevelée,
Les fragiles haillons, les lugubres morceaux
D'un frère, d'une sœur, d'un ami, de mes pères.
        Oui, j'aime ce gouffre béant :
C'est là qu'il faut penser, parmi ces froides pierres,
Dans ce champ de la mort, symbole du néant.

Nos jours perdus, nos pas qui foulent cette plage,
Sont comptés, sont inscrits sur l'éternelle page.
        Laisse, ô mon âme, éclater ton transport !
        Bénis ton Dieu devant qui tout s'efface.
            Qu'est-ce que l'homme dans l'espace ?
        Un être errant, un jouet de la mort,
            Un frêle corps que le vent chasse,
        Toujours en butte aux caprices du sort.

            Et la vie ? un songe, une aurore,
            Une larme qui s'évapore
        Aux premiers feux de l'astre du matin.
Sans merci, sans pitié, le flot du temps entraine
        Grands et petits : la race humaine
A peine a vu le jour, qu'elle est à son déclin.

Octobre 1865.

VOIX DE L'AME.

J'erre sur cette morne plage,
Comme l'épave en butte à la fureur des flots;
Sous la voûte des bois et de l'antre sauvage,
En vain je cherche le repos.
Une inquiétude cruelle
Use mon corps, m'obsède, me poursuit.
Le firmament où l'étoile étincelle,
L'aube en robe de pourpre, et la saison nouvelle,
Rien ne parle à mon cœur! Ma fragile prunelle
Laisse, en songeant à mon âme immortelle,
Couler des pleurs et le jour et la nuit.

Le monde entier au vice s'abandonne;
L'être voluptueux aux coupes des plaisirs
S'abreuve : la mort qui moissonne,
Les revers, les cachots, la foudre qui résonne.
Sont impuissants à régler ses désirs.

Dans les plaines de Mars, les horreurs de la guerre
Font reculer de terreur et d'effroi.
Le vaincu mutilé, gisant sur la poussière,

S'écrie, en se tordant de rage et de colère :
— Je meurs pour le plaisir d'un mortel comme moi ! —
Le vainqueur, l'œil hagard, achève sa victime ;
Il sourit en voyant le souffle qui l'anime
   Céder la place au râle du trépas.
Mais une voix, du haut de l'éclatant abime,
     Soudain lui reproche son crime,
   Et le remords accompagne ses pas.

Jéhovah ! Jéhovah ! de ta céleste flamme
   Viens m'embraser ! Suprême vérité,
     Descends pour éclairer mon âme ;
     Elle a soif d'immortalité.
     Sur ce globe que mon pied foule,
Où je vis incertain, agité, tout s'enfuit ;
   Comme un torrent l'existence s'écoule,
Et les trônes des rois s'écroulent à grand bruit.

   Dieu des chrétiens, lumière sans aurore,
   Dont le regard embrasse l'infini !
Le plus petit oiseau, de son gosier sonore,
Sitôt que le soleil le réchauffe, le dore,
Célèbre tes bienfaits sur les bords de son nid.
L'homme seul, ta sublime et noble créature,
Te maudit : le forçat en sa prison obscure,
Le riche en son palais, le pauvre en sa masure,
   T'insultent, toi, l'auteur de ce flambeau

Qui fertilise la nature !
Laisse-moi t'adorer sans borne et sans mesure,
Toi qui feras, parmi la naissante verdure,
   Sourire, un jour, les fleurs sur mon tombeau !

16 mai 1865.

L'AVEUGLE ET LE PARALYTIQUE.

Au sein d'une cité vivaient deux malheureux,
Implorant chaque jour l'assistance publique.
        L'un était né paralytique,
Et l'autre aux champs d'honneur avait perdu les yeux.
L'aveugle, sans espoir de revoir la lumière,
        Cherchait, par de plaintifs accents,
    A toucher l'âme et le cœur des passants.
        Peu répondaient à sa prière.
        Le mépris remplaçait l'amour;
Et l'amour, c'est beaucoup pour le pauvre en ce monde!
Dans le quartier voisin, au fond d'un carrefour,
        Le paralytique, à son tour,
        Exhalait sa douleur profonde
Par des pleurs, des sanglots et des cris superflus.
Un jour, celui dont rien n'affecte la paupière
    L'entend gémir : bientôt, à sa manière,
Le voilà sous le toit qu'habite le perclus
    Abandonné de la nature entière.
— Qu'avez-vous? lui dit-il; votre sort est le mien.
— Ah! répond le perclus, depuis que je respire
Je n'ai pas fait un pas! j'existe sans soutien!

— En ce cas, à nous deux nous pouvons nous suffire,
    Reprit l'aveugle : à compter d'aujourd'hui,
        Mon bras vous servira d'appui,
Et vous, par ce moyen, vous pourrez me conduire.
Vous y verrez pour moi, je marcherai pour vous. —
Fait comme dit. S'aimant plus que deux frères,
Ils coulèrent dès lors des jours calmes et doux.

        Imitons-les, entr'aidons-nous.
Les peines d'ici-bas deviennent plus légères.

Avril 1865.

A M. BAYON,

PHOTOGRAPHE.

Déjà, fils du progrès qu'enfante le génie,
On te voit, en tous lieux, arborer le drapeau
Des mystères profonds de la photographie.
Ton empire autrefois était sur un vaisseau;
Tu bravais l'ouragan et la fureur de l'onde.
Attiré par le doux climat de la Gironde,
Tu vins poser ta tente auprès de mon berceau.
Là, j'ai connu ton cœur, ta bonté, ton mérite;
On nous voyait ensemble à chaque instant du jour.
Si jamais tu reviens dans mon humble séjour,
Je saurai t'accueillir, te fêter sans limite.

6 novembre 1866.

LE BAUDET ET LE CHEVAL.

Un villageois brutal et sans raison
    (Par malheur, il aimait à boire)
Conduisait son cheval et son âne à la foire :
L'âne comptait ses pas; sur ce, Martin-bâton
    L'avertissait et ne l'épargnait guère.
    — Quel triste sort! disait notre grison;
        A l'instar de mon pauvre père ,
J'ai servi tour à tour les fermiers du canton ;
J'ai porté les paniers, j'ai labouré la terre ,
Sans craindre les rigueurs de l'ardente saison.
Ma sonnette éveillait les échos de la plaine.
        Jeanne, la gloire du hameau,
Au retour de l'automne, allait dans son domaine
        Cueillir le fruit vermeil, nouveau,
Et nous allions le vendre à la ville prochaine.
    Mais aujourd'hui, que mes jambes, mon dos,
Fléchissent sous le poids des plus légers fardeaux,
        Je suis réduit à manger ma litière !
Je suis maudit, battu, je n'ai plus que la peau,
Et sans le moindre poil! Voilà tout le salaire
D'un temps bien employé! Tandis que Culineau.

Chien qui ne fait que ramper, se soumettre,
Et faire patte de velours
A qui lui donne, fut toujours
Le favori de mon ignoble maitre !
Comme les hommes sont ingrats,
Farouches et méchants ! On ne sait comment faire
Pour éviter leurs coups et même le trépas ! —
Ainsi sans borne exhalait sa colère
Le malheureux baudet. — Pourquoi tant de clameurs ?
Répondit le cheval, bête alerte et docile :
J'aurai moi-même, un jour, pour prix de mes sueurs,
Un semblable destin. Sur ce point sois tranquille.
Si l'on veut des humains obtenir les faveurs,
Il faut leur plaire ou bien leur être utile.

26 novembre 1865.

LA CLOCHE.

Salut ! précurseur de l'aurore !
Salut ! bronze sacré, dont le timbre sonore
Sous les dômes obscurs appelle les mortels.
Messagère divine, à Celui que j'adore,
Daigne dire qu'il jette encore
Sur ce monde pervers des regards paternels.

Tu célèbres nos jours de fêtes ;
Tu résonnes pour les tempêtes,
Aux mois des ardentes chaleurs.
Tu prends part aux regrets de la veuve éplorée ;
De la Reine de l'empyrée
Ta voix exalte les grandeurs.

Du Christ environné de gloire
Tu redis les bienfaits qu'il sema sur ses pas ;
Tu pleures le pécheur au moment du trépas ;
Et tu proclames la victoire
Du juste en ses derniers combats.

Bouche d'airain, cloche de l'espérance,

Offre nos vœux à l'Éternel,
Toi qui signales sa présence
Sur son mystérieux autel.

Si l'étranger contre nous prend les armes,
Quand le feu sans pitié dévore nos maisons,
Tu donnes chaque fois le signal des alarmes.
Tes gais refrains, tes longues oraisons,
Du Roi des cieux apaisent la colère.
Tous les peuples de la terre
Sont l'objet de ton amour.

Doux instrument, cloche bénie,
Lorsque viendra mon dernier jour,
Tu tinteras mon agonie.
Peut-être mes amis, les plus chers à mon cœur,
Aux accents de ta voix plaintive,
Viendront, l'âme triste et pensive,
Prier aux pieds de mon lit de douleur!

Juillet 1865.

INVOCATION.

Je veux placer mon espérance
En Dieu, vaste océan d'amour et de clémence.
Sous son égide sainte on goûte le repos.
N'est-il pas la vertu, la vérité, la vie?
Les grandeurs, l'éclat, l'or que le cupide envie,
    Et la gloire, sont de vains mots.

    Par lui la nature est bénie.
    La brebis lui doit sa toison ;
    L'homme, son talent, son génie.
Des globes lumineux il règle l'harmonie.
    Dieu seul nuance et borne l'horizon.

Nul ne sait ses desseins ; en lui tout est mystère.
L'univers se retrace au sein de sa paupière.
L'Enfer tremble d'effroi devant son bras vainqueur.
C'est le Dieu qui punit, le Dieu qui récompense.
Le front du firmament proclame sa puissance.
Les oiseaux dans les airs le célèbrent en chœur.
    De neige il coiffe les montagnes.
Il jaunit les moissons, orgueil de nos campagnes.

Des fleuves il creuse le cours.
Par ses soins, l'homme naît, aime, pense, respire.
C'est le Dieu des combats, le Dieu qui nous inspire ;
        C'est l'auteur des nuits et des jours.

De son souffle divin il ébranle le monde.
        Les volcans, la tempête, l'onde,
        Sont les jouets de l'Éternel.
Le Seigneur, à son gré, fait éclater sa gloire.
Le soleil, sans rival, sur son char de victoire,
Par son ordre franchit l'immense champ du ciel.

Sa main guide l'éclair, la foudre, le nuage.
    Dieu du pardon, mon unique héritage,
        Sur les humains règne à jamais !
        La plus petite créature
    Parle de toi ; sans borne et sans mesure,
        Prodigue aux hommes tes bienfaits !

Jéhovah ! Jéhovah ! devant toi je m'incline.
        Les œuvres de ta main divine,
    Charment les yeux par leur simplicité.
        Le doute t'outrage, t'offense ;
N'est-tu pas, pain des forts, l'espoir de l'innocence
        Et l'immuable éternité ?

8 octobre 1866,

SOUS LE TILLEUL.

Te souviens-tu, ma bonne Élise,
De ce tilleul orné de fleurs,
Le soir, balancé par la brise,
Et, le matin, baigné de pleurs?
Tandis que la tendre fauvette
Par des chants fêtait ses amours,
Tu me soufflais, ô ma coquette :
Aimons-nous bien toujours, toujours !

Quand je pressais tes mains divines,
Ton cœur exhalait des soupirs;
La lune, aux couleurs argentines,
Était témoin de nos plaisirs.
Tout en cueillant la pâquerette,
La messagère des beaux jours,
Tu me soufflais, ô ma coquette :
Aimons-nous bien toujours, toujours !

Malgré que plus d'un amour change
Après avoir promis longtemps,
Je n'oublirai jamais, mon ange,

Ce frais tilleul, cet heureux temps
Où chaque soir, sur la coudrette,
En baissant tes yeux de velours,
Tu me soufflais, ô ma coquette :
Aimons-nous bien toujours, toujours !

Je vais encor sous son ombrage ;
Mais il me faut un long bâton.
Ah ! que ne suis-je à ce bel âge
Où la rose n'est qu'un bouton !
Ta joue alors était vermeille ;
En souriant à mes discours,
Tu me soufflais, ma pauvre vieille :
Aimons-nous bien toujours, toujours !

4 juin 1865.

HOMMAGE

A SA MAJESTÉ NAPOLÉON III,

EMPEREUR DES FRANÇAIS.

Fils de la liberté, que l'Éternel seconde !
  Ton bras puissant suscite des jaloux.
Sous ton sceptre tu tiens l'équilibre du monde,
    Si l'étranger quelquefois gronde,
Un seul de tes regards apaise son courroux.

Tu parcours sans effroi les plaines de Bellone.
Tu braves la mitraille et les lames d'acier ;
      Comme un volcan ton sang bouillonne ;
      Le tambour bat, la charge sonne ;
On voit jaillir l'éclair de l'œil de ton coursier.

  Le monde entier t'honore, te contemple.
      Élu du ciel, ta majesté
Pardonne, instruit, aux rois donne l'exemple :
Elle trône déjà sous les voûtes du temple
      De l'immortalité.

Orgueil de l'univers, ignorant les défaites ;
Pilote vigilant, étoile du soldat !
Calme et majestueux, le vaisseau de l'État
   Sous ton égide affronte les tempêtes.

   Libérateur, noble espoir des Français,
      A la pourpre qui t'environne,
   Aux honneurs, à la force, au glaive qui moissonne,
      Tu préfères la paix.

De tes lambris dorés délaissant la parure,
On te voit nuit et jour, sans suite et sans armure,
Près du lit des douleurs, en dépit des fléaux ;
   Au sein des cœurs tu sèmes l'espérance.
      Sage souverain, ta présence
   Des malheureux semble adoucir les maux.

Depuis qu'on t'a choisi, la patrie est en fête.
La Révolution agite en vain ses flots ;
Sa foudre aux traits de feux, aux replis inégaux,
Malgré tous ses efforts, n'atteindra pas la tête.
A quoi sert sa fureur ? La Providence arrête
La rage des partis, leurs coupables complots.

Tes aigles, en tous lieux, s'adjugent la victoire.
   Un jour, les pages de l'histoire,

Les colonnes d'airain, le front des monuments,
    Célébreront ta gloire, ton génie ;
Et des âges futurs, ta mémoire bénie
    Ne craindra pas les jugements.

Septembre 1865.

HOMMAGE

A SA MAJESTÉ EUGÉNIE,

IMPÉRATRICE DES FRANÇAIS.

Modèle de la cour, comment puis-je décrire
Vos grâces, vos bontés, vos vertus en mes vers?
O vous dont l'esprit seul suffirait pour séduire!
    Chacun vous aime, vous admire.
Votre cœur généreux, par mille dons divers,
Est heureux d'enrichir les temples de l'empire.

Accueillez aujourd'hui mes vœux et mon encens.
Éblouissante perle, en vous tout est suprême.
Encor que votre front soit ceint du diadème,
    Les orphelins sont vos enfants.

    Salut, mère auguste! La France
Aux héros belliqueux, aux aigles triomphants,
Du prince votre fils acclama la naissance!
Trésor toujours ouvert, nouvelle Providence.
    Combien de pauvres chaque jour
Exaltent vos bienfaits, les grandeurs de votre âme!

O ma lyre, célèbre et publie à ton tour
   Celle qu'embrase une divine flamme !

Lorsque l'impie insulte et méconnaît la loi
Du Dieu des nuits, des jours, de l'éternel génie.
   Vous arborez, vertueuse Eugénie,
   Les étendards, les armes de la foi !

Riche des plus beaux dons qu'accorde la nature,
Ou vous voit accourir dans la prison obscure
Où règne le silence, où trônent les douleurs.
   Au sein de ses rudes écoles,
   Vous consolez, par de douces paroles,
Le captif exhalant ses regrets par des pleurs.

   Fleuve de charité, de zèle,
Vos regards souverains, vers la ville éternelle.
Se tournent en dépit de nos libres penseurs ;
   Et, pour l'Église notre mère,
Sans cesse vous montrez aux peuples de la terre
   Le courage des nobles cœurs.

   Le ciel de clarté vous inonde.
   Digne Reine, source féconde,
Vous bannissez l'éclat, l'orgueil, flatteuse erreur :
Vous bravez des fléaux l'orageuse démence :
Le moribond, en vain poursuivant l'espérance,
Vous tend sa main tremblante et vous nomme Ma sœur !

Seigneur, maître des temps et de nos destinées,
Dont le compas mesure nos années
Du haut du céleste séjour !
En ce monde pervers, sanglante et vaste arène,
Jette les yeux sur notre souveraine,
Océan d'espoir et d'amour !

18 décembre 1866.

•

A SON ÉMINENCE

MONSEIGNEUR LE CARDINAL DONNET,

ARCHEVÊQUE DE BORDEAUX ET SÉNATEUR,

A l'occasion du Comice agricole de Pellegrue.

10 septembre 1865.

Apôtre vigilant, pontife du Seigneur,
Tout en toi reconnaît une autre Providence :
    L'abandonné, la timide innocence,
Trouvent sous ta houlette un abri protecteur.

La bonté sur ton front est peinte en traits de flamme
        Où trouver un pasteur des âmes
Au cœur plus généreux, plus digne de respect !
Les dômes éclatants des vastes basiliques
Et le sonore airain des cloches catholiques
        Semblent sourire à ton aspect.

        A l'ombre des chênes antiques,
        L'ouvrier dresse des autels ;

Là, loin du bruit, sous tes yeux paternels,
La jeune fille aux vêtements rustiques
        Célèbre, par de saints cantiques,
Celui qui se dérobe aux regards des mortels.

Tu sèmes, saint prélat, de célestes paroles :
        Sur le parvis des métropoles,
Tes brebis, à tes pieds, fléchissent les genoux.
Ministre du Très-Haut, espoir de la chaumière,
Par tes soins, l'exilé loin de son toit espère,
Et le pauvre orphelin coule des jours plus doux.

A ta voix, le pécheur accourt au sanctuaire ;
Tu bénis les enfants sur les bras de leur mère ;
Tu plantes en tous lieux l'étendard de la foi ;
Tu braves des hivers la rigoureuse haleine ;
Abdiquant les splendeurs de la pourpre romaine,
Tu cours au sein des champs remplir ton noble emploi.

        Élu du Dieu qui règle l'harmonie
        Des astres d'or, flambeaux de son palais !
Le temps, vieillard cruel, n'effacera jamais
Ton labeur littéraire attestant ton génie,
        Et tes innombrables bienfaits.

La verdure, les fleurs et la magnificence
En ce jour solennel signalent ta présence :

Le rude laboureur, muni de l'aiguillon
Qu'un agreste ruban embellit, environne,
   Creuse, en chantant, un fertile sillon.

Orgueil de l'Aquitaine, au ciel est la couronne !
   Reviens, reviens en cet humble séjour !
Pour toi l'éclat n'est rien ; ta gloire est d'être utile.
    Des villageois, peuple docile,
Tu réjouis le cœur, tu recueilles l'amour !

A M. LE COMTE DE BOUVILLE,

PRÉFET DE LA GIRONDE,

Officier de la Légion d'honneur.

Sage administrateur, sans borne et sans mesure
Je veux vous prodiguer mes chants.
Guidé par vos nobles penchants,
Vous protégez l'agriculture,
Et vous aimez l'homme des champs.

Digne élu du Chef de l'empire,
Vous vivez sans orgueil, et votre front respire
La bonté, doux présent des cieux.
Les pleurs de l'exilé sur la terre étrangère,
Du pauvre, hôte de la chaumière,
Cèdent, grâce à vos soins, la place aux chants joyeux.

Des magistrats en vous j'admire le modèle :
Lorsque le devoir vous appelle,
Rien ne combat, n'arrête votre ardeur.
Le ciel orna votre naissance
D'esprit et de talent ; et votre cœur devance
La voix plaintive du malheur.

Tous vos jours sont marqués d'un trait de bienfaisance;
    L'orphelin puise l'espérance
    Dans les trésors de votre cœur.
L'intérêt de l'état absorbe votre vie.
Les lettres et les arts, qu'enfante le génie,
Reconnaissent en vous un puissant protecteur.

Déjà, dans bien des lieux, votre louable zèle
Par des travaux divers à nos yeux se révèle.
    Quand le besoin se fait sentir,
Nul canton n'est privé, le plus modeste espère.
    Vous recevez comme on reçoit un frère ;
    Chacun se plaît à vous bénir.

Lorsque l'homme a reçu la puissance en partage,
Vous comprenez qu'il doit en faire un noble usage.
    Votre bon cœur ne se lasse jamais.
Le peuple girondin vous aime, vous admire ;
Et moi, je suis heureux, en songeant que ma lyre
    A su publier vos bienfaits.

12 juillet 1866.

LE SERIN, LES PENSIONNAIRES ET LES SŒURS

Dédié

aux Sœurs de la Doctrine Chrétienne de Bordeaux

LES PENSIONNAIRES

Hôte des bois où fleurit l'oranger,
Fuyant l'éclat, les chagrins de la ville,
Par tes doux chants tu charmes cet asile
Où nous vivons à l'abri du danger.

LE SERIN

Petits enfants, pieuses filles d'Ève,
Dieu m'a donné ces suaves accents :
Votre âge d'or et vos jours innocents
Sont célébrés dès que l'aube se lève.

LES PENSIONNAIRES

Chantre inspiré, chacun peut te bénir :
Coulant tes jours sans orgueil, sans envie,
Tu nous apprends qu'en cette courte vie,
Pour être heureux il faut aimer, souffrir.

91

LE SERIN

Jeunes enfants, objets de ma tendresse,
J'aime à vous voir grandir devant mes yeux.
Oh! parmi vous, le captif est heureux
De vos ébats, de votre gentillesse.

LES SŒURS

Charmant oiseau, chante, chante toujours:
Chante! Tout fuit sur l'océan du monde!
La joie en pleurs, en tristesse profonde,
Pauvre exilé! se change tous les jours.

LE SERIN

Modestes sœurs, aux vertus angéliques,
La charité resplendit dans vos cœurs.
Vous épuisez la coupe des douleurs
Pour adoucir les misères publiques.

25 juillet 1867.

TABLE

POÉSIES

Bordeaux. — Imprimerie d'Émile Crugy.